Traduzido em francês
com Béatrice Houplain

**Nunca juntos
mas ao mesmo tempo**

**Jamais ensemble
mais en même temps**

Traduit du portugais (Brésil)
avec Béatrice Houplain

NOS

AVANT DE COMMENCER

Le temps d'attente dans les salles d'aéroport
est le premier témoin de l'apparition de ce livre.
Chaque page porte la trace de son passage
d'un pays à l'autre, d'une langue à l'autre.
Il m'a fallu cinq ans pour donner corps à ce récit.

Les deux versions sont écrites simultanément.
Lors des premiers voyages, le texte était pensé
en portugais. Le français est apparu
comme un équivalent numérique,
né des logiciels de traduction.
Enclin à des formulations inattendues,
il a gagné le statut d'étranger.

W. :
— J'aimerais beaucoup que tu m'accompagnes
        [dans la traduction de mon livre.

B. :
— Je ne parle pas du tout *brésilien*.

W. :
— Ça ne fait rien.

B. :
— (Toux) D'accord.

ANTES DE COMEÇAR

O tempo de espera nas salas dos aeroportos
é a primeira testemunha da aparição deste livro.
Em cada página, o traço de sua passagem
de um país a outro, de uma língua à outra.
Precisei de cinco anos para dar corpo à esta
narrativa.

Ambas versões são escritas simultaneamente.
Durante as primeiras viagens, o texto foi pensado
em português. O francês apareceu
como um equivalente digital,
nascido dos aplicativos de tradução.
Propenso a formulações inesperadas,
ganhou o estatuto de estrangeiro.

W.:
— Gostaria muito que você me acompanhasse
    [na tradução do meu livro.

B.:
— Eu não falo nada de *brasileiro*.

W.:
— Não faz mal.

B.:
— (Tosse) Combinado.

Le XIX⁰ siècle :
— J'ai besoin d'une pensée sanguine,
 [je vois l'intolérable.

Le XX⁰ siècle :
— Que peut la pensée
 [quand les forces qui nous traversent
 [nous imposent une image morte ?

Le XIX⁰ siècle :
— Je ne suis plus ici.

Le XX⁰ siècle :
— Moi non plus.

Séc. XIX:
— Preciso de um pensamento sanguíneo,
    [eu vejo o intolerável.

Séc. XX:
— O que pode o pensamento
    [quando as forças que nos atravessam
    [nos impõem uma imagem morta?

Séc. XIX:
— Eu não estou mais aqui.

Séc. XX:
— Nem eu.

Ce roman se déroule au moment
où il est écrit. Sa structure a l'apparence
d'un banc, d'une place libre ;
le récit se présente sans le poids du corps.
Adeline existe à l'image des biographies
les plus sobres rédigées avant sa naissance,
vit comme les particules libres de l'air,
perd la tête, en trouve une autre. Aussi simple que ça.
En chemin vers sa nouvelle adresse, elle s'ouvre
à une conversation qui peut durer des années,
même des siècles ; et en fonction de la température,
change d'avis.
— L'amour sera authentique dans son apparition —
Adeline parle debout, très fort ; puis
s'assied, s'efface d'une page.
Cela ne sert à rien, son histoire a désormais un titre.

Este romance acontece no momento
em que é escrito. Sua estrutura tem a aparência
de um banco pronto para sentar;
a narrativa se apresenta sem o peso do corpo.
Adeline existe como as biografias
mais sóbrias redigidas antes de seu nascimento,
vive como as partículas soltas pelo ar,
perde a cabeça, encontra uma outra. Simples assim.
No caminho para seu novo endereço, ela se abre
para uma conversa que pode durar anos,
séculos ainda; e, conforme a temperatura,
muda de ideia.
— O amor será justo em sua aparição —
Adeline fala em pé, em voz alta; em seguida,
senta-se, apaga-se de uma página.
Nada mais adianta, sua história tem agora um título.

— Que savez-vous faire ?
— Je lis.
— C'est tout ?
— Oui.
— Les gens aiment lire par ici,
 [vous ne serez pas la seule.
 [Savez-vous cuisiner ?
— Pour mes amis et moi.
— Alors nous pouvons commencer par la cuisine.
— Comme vous voulez.
— Vous êtes motivée ?
— Oui.
— Savez-vous faire quelque chose d'autre ?
— Du café.
— Vous avez une présence captivante
 [et un regard mélancolique.
— Merci. Cela peut m'aider ?
— C'est important, ça rassure les clients.
— …
— Votre sourire s'éteint.
— Pourquoi ?
— Il en attend un autre en retour.
— …
— Quel est votre âge ?
— Vingt-sept.
— Avez-vous des enfants ?
— Pas encore.
— Voulez-vous en avoir ?
— Dans un prochain chapitre.
— Vous dites cela parce que vous avez besoin
 [d'un emploi ?
— Non.
— Il y a une raison précise ?
— Oui.
— Puis-je savoir laquelle ?
— Non.
— Vous commencez lundi.

— O que você sabe fazer?
— Eu leio.
— Só isso?
— Sim.
— As pessoas gostam de ler por aqui,
    [você não será a única.
    [Sabe cozinhar?
— Para os meus amigos e para mim.
— Então podemos começar pela cozinha.
— Como o senhor quiser.
— Você está motivada?
— Sim.
— Sabe fazer alguma outra coisa?
— Café.
— Você tem uma presença encantadora
    [e um olhar melancólico.
— Obrigada. Isso pode me ajudar?
— É importante, os clientes se sentem mais seguros.
— ...
— Seu sorriso se apagou.
— Por quê?
— Ele espera um outro em troca.
— ...
— Qual é a sua idade?
— Vinte e sete.
— Você tem filhos?
— Ainda não.
— Gostaria de ter?
— Num próximo capítulo.
— Você diz isso por que precisa
    [de um emprego?
— Não.
— Por um motivo particular?
— Sim.
— Posso saber qual?
— Não.
— Você começa na segunda-feira.

Adeline ne s'intéresse pas aux actualités.
Va sur internet et se précipite sur les commentaires
des faits divers. D'une certaine façon, cela confirme
le présent. Elle adore le moment
où le bâton de rouge transforme ses lèvres
parce qu'elle est née sans privilège. Sa laideur
est son charme ou alors le signe d'un malheureux
accident. Son visage si ordinaire apparaît
au détour des pages consacrées aux nouvelles
locales et internationales.
Adeline ressemble à une voisine inconnue,
le sourire plus ou moins de travers.
Évite toute forme d'addiction.
— Je ne veux pas me faire de mal.
Elle pense à fumer mais cela jaunit les doigts.
Adeline regarde le ciel et voit le ciel, regarde la terre
et voit la terre, regarde le rouge du feu
et voit le feu rouge. Chaque jour elle se réveille
de bonne heure, un peu plus tôt que nécessaire,
le temps que les yeux dégonflent. Au travail,
elle se change puis s'occupe des clients.
Ils sont habitués à être bien traités.
Huit heures durant Adeline sert des cafés,
fait tout ce qu'on lui demande en cuisine. À la fin
de la journée elle se sent à peine fatiguée,
son boulot l'aide à passer le temps.

Adeline não se interessa pelas últimas notícias.
Entra na internet e se lança nos comentários
das notícias criminais. De alguma forma, isso afirma
o presente. Ela adora o momento
quando o batom transforma seus lábios
porque nasceu sem privilégio. Sua feiura
é seu charme ou a prova de um infeliz
acidente. Seu rosto tão ordinário pode ser visto
nas páginas consagradas aos caderno de notícias
locais e internacionais.
Adeline aparenta uma vizinha desconhecida,
com um sorriso mais ou menos enviesado.
Evita qualquer vício.
— Eu não quero me prejudicar.
Pensa em fumar mas isso deixa os dedos amarelados.
Adeline olha para o céu e vê o céu, olha para a terra
e vê a terra, olha para o vermelho do semáforo
e vê o semáforo vermelho. Todos os dias ela acorda
cedo, um pouco antes do necessário,
o tempo para baixar as olheiras. No trabalho,
troca a roupa e então cuida dos clientes.
Eles se acostumaram a ser bem tratados.
Durante oito horas, Adeline serve cafés,
faz o que lhe pedem na cozinha. Ao final
do expediente, mal pode se dizer cansada,
o emprego lhe ajuda a passar o tempo.

Dans son nouvel appartement, Adeline
prend une douche, prépare le dîner, ouvre l'ordinateur
et se noie dans les préoccupations des autres
comme s'il s'agissait des siennes.

Em seu novo apartamento, Adeline
toma banho, faz o jantar, abre o computador
e se joga nas preocupações dos outros
como se fossem as suas.

Adeline vit seule. Parfois elle reçoit la visite
de son ami. Tous deux sortent le soir.
Ils boivent ce qu'ils peuvent, autant qu'ils peuvent.
Elle se fatigue vite.
— Quand je suis avec tes amis,
        [je fais une mise à jour de mon passé
Il ne supporte pas cette remarque,
fait deux pas en arrière, saisit le livre qu'elle tient
dans ses mains et l'ouvre au hasard.

Qui parle meurt.
Qui se tait vit près de la mort.

Il exige qu'Adeline arrête de lire ce roman.
Elle s'autorise deux secondes de réflexion
et répond :
— Oui, tu dois avoir raison.
Dans sa tête, rien d'autre
qu'une abbaye en daim.

Adeline mora sozinha. Às vezes recebe a visita
de seu namorado. Os dois saem à noite.
Bebem o que podem, o quanto podem.
Ela se cansa rápido.
— Quando estou com seus amigos,
      [eu atualizo o meu passado.
Ele não suporta essa observação,
dá dois passos para trás, pega o livro que ela tem
nas mãos e o abre em uma página qualquer.

Quem fala morre.
Quem se cala vive perto da morte.

Ele exige que Adeline pare de ler esse romance.
Ela se permite dois segundos de reflexão
e responde:
— Sim, você deve estar certo.
Em sua cabeça há tão somente
uma abadia de camurça.

Adeline entre dans la librairie en face de son immeuble,
à la recherche d'une lecture sans aphorismes.
Regarde l'étagère en verre
ornée de lampes fluorescentes —
elles nimbent les livres d'une gloire délicate —
emplit sa poitrine d'une longue inspiration
de voyage, lit attentivement le nom des auteurs
inconnus. Ils sont nombreux. Elle savait
qu'il en serait ainsi avant même de prendre l'avion.
Elle arrive au café avec un ou deux bouquins
sous le bras. Adeline est ponctuelle. Son patron
l'aime pour cela. Peu lui importe
de faire des heures supplémentaires, surtout le matin
lorsque la salle, encore vide, sent le vieux bois.
Adeline sert des cafés, écoute les conversations.
Son patron la regarde avec un sourire généreux.
Elle hoche la tête.
— Oui, j'ai les choses en main.

Adeline entra na livraria em frente ao seu prédio,
em busca de uma leitura sem aforismos.
Olha a prateleira em vidro
enfeitada com luzes fluorescentes —
elas envolvem os livros com uma glória delicada —
enche o peito com uma longa inspiração
de viagem, lê com cuidado o nome dos autores
desconhecidos. Eles são muitos. Ela sabia
que seria assim antes mesmo de tomar o avião.
Chega à cafeteria com um ou dois títulos
debaixo do braço. Adeline é pontual. Seu chefe
a adora por isso. Ela não se preocupa
em fazer hora extra, principalmente pela manhã
quando o local, ainda vazio, cheira a madeira velha.
Adeline serve cafés, ouve as discussões.
Seu chefe a olha com um sorriso generoso.
Ela acena com a cabeça.
— Sim, tudo está sob controle.

Les clients découvrent Adeline et la désirent
pendant deux secondes. Peu lui importe,
elle a un ami. Il vit à ses côtés
parce qu'elle a une manière de rendre différent
le monde qu'il connaissait depuis sa naissance.

Os clientes descobrem Adeline e a desejam
por dois segundos. Pouco lhe importa,
ela tem um companheiro. Ele vive ao seu lado
porque ela faz o mundo diferente
daquele que estava ali quando ele nasceu.

Dans la rue où vit Adeline,
il n'y a qu'un seul supermarché. Il est grand,
avec de multiples rayons. Elle parcourt les allées,
jette un coup d'œil aux produits,
goûte de nouveaux aliments
tous les jours de la semaine.

Na rua onde mora Adeline,
existe apenas um supermercado. Ele é grande,
com diversas seções. Ela entra pelos corredores,
passa os olhos pelas prateleiras,
experimenta novos alimentos
todos os dias da semana.

Adeline regarde le cadre photo sur l'étagère.
— En vieillissant, je penserai à toi, maman.
Son père figure sur la même photo.

Adeline olha para o porta-retratos sobre a prateleira.
— Envelhecendo, pensarei em você, mamãe.
Seu pai encontra-se na mesma foto.

Aujourd'hui, la librairie est fermée.
Sur la porte, un mot. La rue est bondée.
C'est vendredi.
Les gens s'habillent en noir.
Adeline noue un foulard vert autour de son cou.

Hoje, a livraria está fechada.
Na porta, um bilhete. A rua está cheia.
É sexta-feira.
As pessoas se vestem de preto.
Adeline amarra um laço verde no pescoço.

À l'entrée du café, un chat affamé
frotte sa tête contre le bord de la porte.
Adeline dit bonjour à son patron, remplit
une tasse de lait, sert l'animal, lui demande
l'autorisation de le caresser, frotte
ses pieds sur le tapis, commence à travailler.

Na entrada da cafeteria, um gato faminto
roça a cabeça contra a quina da porta.
Adeline diz bom dia para seu chefe, enche
uma xícara com leite, serve o animal, pede
sua autorização para o acariciar, limpa
os pés no tapete, começa a trabalhar.

La journée commence avec l'envie d'être embellie.
Adeline imagine d'autres raisons de servir
les commandes. Les clients s'énervent
mais ne perdent pas espoir.
Elle regarde sa montre.
— Les premières rencontres
	[ont cette qualité de nous rappeler
		[que quelque chose marche à l'intuition.
Un client l'appelle. Elle se dirige vers lui,
ne se rend pas compte qu'elle est suivie par le chat.
— Vous désirez ?
Adeline sent une boule de poils entre ses jambes,
sursaute. Le client la retient par le bras.
— Calme-toi chérie, c'est juste un chaton.

O dia começa com a vontade de ser enfeitado.
Adeline cria outras razões para atender
aos pedidos. Os clientes se irritam
mas não perdem a esperança.
Ela espia o relógio.
— Os primeiros encontros
 [têm essa qualidade de nos lembrar
 [que algo funciona pela intuição.
Um cliente a chama. Ela vai em direção a ele,
não percebe que é seguida pelo gato.
— O que o senhor deseja?
Adeline sente uma bola de pelo entre as pernas,
se assusta. O cliente segura seu braço.
— Calma querida, é só um gatinho.

— Demain, c'est samedi — pense-t-elle à haute voix. Son patron lui demande de faire des heures supplémentaires. Adeline est d'accord.

— Amanhã é sábado — pensa em voz alta.
Seu chefe lhe pede para fazer
hora extra. Adeline concorda.

Dimanche arrive.
Adeline aime rester dans sa chambre,
lire les commentaires sur les faits divers.

Chega o domingo.
Adeline adora estar em seu quarto
para ler os comentários do noticiário policial.

Dans le coin à gauche du café, des clients
parlent d'un cambriolage. Une femme
a été tuée. Pour la plupart d'entre eux, l'événement est lié
à une vengeance. Pour Adeline,
cette nouvelle n'est rien d'autre qu'une source
d'angoisse, l'une des nombreuses
qu'il lui reste encore à découvrir.

No canto esquerdo da cafeteria, alguns clientes
conversam sobre um assalto. Uma mulher
foi assassinada. Para muitos, o caso tem a ver
com vingança. Para Adeline,
a notícia é nada mais que uma fonte
de angústia, uma das muitas
que ainda lhe restam a descobrir.

*Nous sommes choqués par l'assassinat
de notre patronne. Nous souhaitons
que justice soit faite.*

Adeline parcourt le mot fixé sur la porte d'entrée
de la librairie, fait deux pas en arrière,
se réfugie dans sa propre langue.

*Estamos chocados com o assassinato
de nossa chefe. Esperamos
que a justiça seja feita.*

Adeline lê o bilhete preso na porta de entrada
da livraria, dá dois passos para trás,
se refugia em sua própria língua.

Le corps de la libraire se meut dans l'imaginaire d'Adeline.

O corpo da livreira se movimenta no imaginário de Adeline.

Le temps des rues désoriente le temps des livres.

O tempo nas ruas desorienta o tempo nos livros.

Dehors il fait froid.
Adeline et son ami se promènent dans la ville.
Ils vont main dans la main, d'un même pas.
Leurs mains se réchauffent, leurs pensées s'échappent.
Elle pense à ses parents. Il pense à autre chose.
Un chat traverse la rue, c'est celui du café.
Elle pense à l'adoption. Il pense à autre chose.
Elle prend le chat dans ses bras.
Le garçon perd la main d'Adeline.

Do lado de fora faz frio.
Adeline e seu namorado passeiam pela cidade.
Eles saem de mãos dadas, passos sincronizados.
Suas mãos se esquentam, seus pensamentos escapam.
Ela pensa em seus pais. Ele pensa em outra coisa.
Um gato atravessa a rua, aquele da cafeteria.
Ela pensa em adoção. Ele pensa em outra coisa.
Ela pega o gato em seu colo.
O rapaz perde a mão de Adeline.

— Notre doute est semblable, notre but identique.
    [Nos sentiments se croisent parfois
    [mais ne seront jamais les mêmes.
    [Une expérience ne peut pas être commune,
    [elle est unique.
Cette affirmation se détache de la bouche d'Adeline.
Le garçon voit au loin une lumière qui clignote.
C'est l'entrée du métro. Ce qu'il soupçonnait
est maintenant là.

— Nossa dúvida é semelhante, nosso objetivo parecido.
 [Nossos sentimentos às vezes se cruzam
 [mas jamais serão os mesmos.
 [Uma experiência não pode ser comum,
 [ela é única.
Essa afirmação se descola da boca de Adeline.
O rapaz vê ao longe uma luz que pisca.
É a entrada para o metrô. O que suspeitava
agora está ali.

Une rupture sert à déloger les affirmations.
Si nous existons par la pensée, nous ne sommes pas en danger de mort.

Uma ruptura serve para desabitar as afirmações.
Se existimos pelo pensamento, não corremos
risco de vida.

Adeline se réveille dépeuplée. C'est dangereux
d'écrire dans cet état, la traversée est trop longue.
Beaucoup d'auteurs s'y perdent,
déchiffrent cette expérience, non sa force.

Adeline acorda despovoada. É perigoso
escrever nesse estado, o percurso é extenso demais.
Muitos autores se perdem,
decifram essa experiência, não a sua força.

Le ciel est encore sombre. Adeline allume la radio.
L'éteint.
Retire un ouvrage de la bibliothèque, les premières
pages sont floues. Elle se frotte les yeux,
entre doucement dans la lecture. Le temps passe.
Adeline se réduit à ce qu'elle lit.
Elle sent la chaleur sur ses pieds, le chat est là.

O céu ainda está escuro. Adeline liga o rádio.
O desliga.
Tira um livro da biblioteca, as primeiras
páginas estão embaçadas. Ela esfrega os olhos,
entra com cuidado na leitura. O tempo passa.
Adeline se reduz a aquilo que lê.
Seus pés estão aquecidos, o gato está ali.

Adeline dort calmement. Je l'observe.
Son sommeil est léger, comme à neuf ans.
Il y a son corps, celui qui parfois chemine
à travers ce monde.

Adeline dorme tranquila. Eu a vigio.
Seu sono é leve, como aos nove anos.
Seu corpo, esse que às vezes caminha
por esse mundo.

Je suis attentive à chaque détail.
Et, avant que tu ne me le demandes, oui, je t'écoute.
Aujourd'hui, par exemple, les affaires courantes
me sollicitent. Je m'en occupe, elles aboutissent.

Estou atenta a cada detalhe.
E, antes que você me pergunte, sim, eu te escuto.
Hoje, por exemplo, os assuntos correntes
me desafiam. Eu os frequento, eles se concluem.

Adeline laisse sortir de sa bouche ce qui devient mots
dans sa tête. Sa présence est proportionnelle
au plaisir de ceux qui sont à ses côtés.
Quand ils sont en groupe, elle bégaie —
une action involontaire de la pensée,
une façon singulière de capter un peu d'air
et de projeter le son à l'extérieur.
Un monsieur lui demande si elle est complice
de la réalité où elle est née. Elle est gênée,
regarde le plafond, accompagne la réponse
de ses mains. Ils reprennent leur discussion
tandis qu'elle en profite pour s'évader. Adeline
ne se reconnaît pas dans toutes ces théories jetées
sur la table mais s'offre un voyage
dans les curiosités locales. Elle dit qu'elle aime
les livres, qu'elle a aimé quelqu'un.

Adeline deixa sair pela boca o que vira palavra
em sua cabeça. Sua presença é proporcional
ao prazer daqueles que estão ao seu lado.
Quando estão em grupo, ela gagueja —
uma ação involuntária do pensamento,
uma forma singular de tomar um pouco de ar
e jogar o som para fora.
Um senhor lhe pergunta se ela é cúmplice
da realidade em que nasceu. Ela se constrange,
olha para o teto, orienta a resposta
com as mãos. Eles retomam a conversa
enquanto ela aproveita para escapulir. Adeline
não se reconhece em todas essas teorias lançadas
sobre a mesa mas oferece a si mesma uma viagem
nas curiosidades locais. Ela diz que ama
os livros, que amou alguém.

Adeline reçoit une dame chez elle.
Installée sur le canapé, celle-ci demande :
— Comment s'appelle ton chat ?
— Je ne sais pas.
— Il n'a pas de nom ?
— Peut-être qu'il en a déjà un.
— Pardon ?
— Je l'ai trouvé dans la rue.
— Tu peux lui en donner un autre.
— Je ne veux pas d'histoires.
— Ton appartement est très joli.
— Merci.
— En général, les gens d'ici
      [ne louent pas d'appartement
      [aux étrangers.
      [Peux-tu me rendre un service ?
— Lequel ?
— Écrire mon épitaphe.
— Pourquoi ?
— ...
— Je ne sais pas par où commencer.
— Ne t'inquiète pas. Tu y arriveras.
— Faut-il le faire maintenant ?
— Je n'ai pas beaucoup de temps.
Adeline va dans sa chambre, rapporte un cahier
et un stylo. S'assied à côté de la dame.
Son bras gauche soutient le poids de sa tête.
Le silence se répand.
— Tu n'as pas besoin de pleurer, Adeline.
— Je suis heureuse aussi. Voulez-vous faire un tour ?
Elles vont, main dans la main, d'un même pas.
Leurs mains se réchauffent. L'ex d'Adeline
traverse la rue. Les deux femmes le regardent.
Adeline pense à lui faire signe.
La dame pense à se cacher.

Adeline recebe uma senhora em sua casa.
Instaladas no sofá, esta lhe pergunta:
— Como se chama seu gato?
— Eu não sei.
— Ele não tem nome?
— Talvez já tenha um.
— Como?
— Eu o encontrei na rua.
— Você pode lhe dar um outro nome.
— Não quero criar confusão.
— Seu apartamento é muito bonito.
— Obrigada.
— Geralmente, as pessoas daqui
   [não alugam apartamentos
   [para os estrangeiros.
   [Você pode me fazer um favor?
— Qual?
— Escrever o meu epitáfio.
— Por quê?
— ...
— Não sei por onde começar.
— Não se preocupe. Você vai conseguir.
— É preciso que seja agora?
— Eu não tenho muito tempo.
Adeline vai em direção ao quarto, traz um caderno
e uma caneta. Senta-se ao lado da senhora.
Seu braço esquerdo sustenta o peso de sua cabeça.
O silêncio se espalha.
— Não precisa chorar, Adeline.
— Estou feliz também. A senhora quer dar um passeio?
Elas saem de mãos dadas, passos sincronizados.
Suas mãos se esquentam. O ex-namorado de Adeline
atravessa a rua. Ambas olham para ele.
Adeline pensa em acenar.
A senhora pensa em se esconder.

Elles vivent toutes les deux dans une grande ville.
Elles sont devenues voisines pour des questions
de confort. La dame a besoin
de la compagnie d'Adeline
pour une raison qu'il n'est pas simple de révéler.

As duas vivem em uma grande cidade.
Tornaram-se vizinhas por questão
de conforto. A senhora precisa
da companhia de Adeline
por um motivo não muito simples de revelar.

La dame fait des plans pour l'avenir.
Adeline sait que les histoires s'achèvent dans le présent parce qu'elles ont un nombre fini de pages.

A senhora faz planos para o futuro.
Adeline sabe que as histórias acabam no presente porque têm um número finito de páginas.

Adeline et la dame se débrouillent
comme elles peuvent. L'improvisation se passe
de la joie, mais pas de la chaleur indispensable
à la pensée comme au corps de chacune.
Elles ont les mains pleines, les yeux perdus ;
quelque chose les tient debout.

La dame regarde le ciel et entre
dans son cycle immatériel, Adeline regarde
les immeubles, la ville grouillante de voitures,
de gens qui se polluent mutuellement. Sur le trottoir,
les motos réduisent l'espace.
Le confort, Dieu seul le connaît.

Adeline e a senhora se viram
como podem. A improvisação dispensa
a alegria, mas não o calor indispensável
ao pensamento como ao corpo de cada uma.
Elas têm as mãos cheias, os olhos perdidos;
alguma coisa as mantém em pé.

A senhora olha para o céu e entra
em seu ciclo imaterial, Adeline olha
para os prédios, para a cidade cheia de carros,
de gente que se polui. Na calçada,
as motos reduzem o espaço.
O conforto, só Deus conhece.

Pas si morte,
la curiosité se diffuse sans aucun discernement.

Nem tão sem vida,
a curiosidade se difunde sem nenhum critério.

Un jour comme un autre, un jour
comme celui-ci qui commence.
Quitter la maison, se rendre au travail puis
du travail à la maison.
Adeline reçoit un message, sent une douleur
au ventre. Elle ouvre un roman
au hasard, regarde dans ma direction.
— Oui, c'est ça.

Um dia como outro qualquer, um dia
como este que começa.
Sair de casa, ir para o trabalho e depois
do trabalho para a casa.
Adeline recebe uma mensagem, sente uma dor
na barriga. Abre um romance
aleatoriamente, olha em minha direção.
— Sim, é isso.

Les deux amies partent en vacances
avec un groupe de touristes.
Ils regardent devant eux, regardent à droite et à gauche,
regardent en haut, aussi.
Les volcans ont la forme de la description ;
les montagnes l'âge du récit. Dix hommes,
six femmes et quatre enfants font silence
pour écouter le crépitement des roches de sel
tandis que le soleil brille.
S'il pleuvait, le trajet se ferait
sous des capuches.
Le guide demande au groupe de se baisser
pour entrer dans la caverne. Ils se regardent,
ne se parlent pas. Ce qui les rapproche,
ce sont leurs badges de mêmes couleurs.
Ils sont à quatre mille trois cents mètres
au-dessus du niveau de la mer.
— Alors, ma chérie, qu'est-ce que tu penses
      [de l'excursion ?
— Je suis fatiguée — répond Adeline —
      [trop de sel
      [s'est collé à ma peau.
— ...
Le groupe sort de la caverne, un avion traverse le ciel.
Le guide augmente le volume de sa voix.
Adeline trébuche.
— Je ne tomberai pas plus bas — dit-elle.
Les gens parlent plusieurs langues.
— J'aime bien les touristes parce qu'ils sont obéissants.
La dame arbore un sourire discret
sur le chemin de l'hôtel.

As duas amigas saem de férias
com um grupo de turistas.
Olham para frente, olham para os lados,
olham para cima, também.
Os vulcões têm a forma da descrição;
as montanhas a idade da narrativa. Dez homens,
seis mulheres e quatro crianças fazem silêncio
para ouvir o crepitar das rochas de sal
enquanto o sol brilha.
Se chovesse, o trajeto seria feito
com capuz.
O guia pede a todos que se abaixem
para entrar na caverna. Eles se olham,
não se comunicam. O que os aproxima
são os crachás com as mesmas cores.
Estão a quatro mil e trezentos metros
acima do nível do mar.
— Então, querida, o que me diz
         [do passeio?
— Estou cansada — responde Adeline —
         [uma grande quantidade de sal
         [grudou na minha pele.
— ...
O grupo sai da caverna, um avião cruza o céu.
O guia aumenta o volume de sua voz.
Adeline tropeça.
— Do chão não passo — ela diz.
As pessoas falam diversas línguas.
— Gosto dos turistas porque são obedientes.
A senhora arvora um sorriso discreto
durante o caminho para o hotel.

Envahie par un sentiment maternel,
la dame cherche un cadeau pour Adeline.

Invadida por um sentimento maternal,
a senhora procura um presente para Adeline.

La dame et Adeline vont à la piscine.
Tout ce dont elles ont besoin est à portée de main.
Elles s'étendent sur les chaises longues en acier,
portent de nouvelles lunettes de soleil.
— Si je lève les yeux, l'éternité passe au-dessus
 [de ma tête — dit la dame.
— Où regardez-vous ? — demande Adeline.
— Vers le ciel.
— Je ne vois que des nuages.
— La nuit, je veux dire, quand les étoiles apparaissent.
— La nuit, je ne vois que des étoiles.
— Notre temporalité n'est pas la même, chérie.
 [Qui crée le cosmos
 [tient l'enfer entre ses mains.
— Faut-il que ce soit une personne ?
— Oui, celui qui y règne me ressemble.

A senhora e Adeline vão à piscina.
Tudo o que precisam está à mão.
Elas se estendem sobre as espreguiçadeiras de aço
com os óculos de sol recém-comprados.
— Se olho para o alto, a eternidade passa por cima
      [de minha cabeça — diz a senhora.
— Para onde você olha? — pergunta Adeline.
— Para o céu.
— Eu só vejo nuvens.
— À noite, quero dizer, quando as estrelas aparecem.
— À noite, eu só vejo estrelas.
— Nossa temporalidade não é a mesma, querida.
     [Quem cria o cosmos
     [tem o inferno nas mãos.
— É preciso que seja uma pessoa?
— Sim, quem o rege se parece comigo.

Adeline parcourt un livre ou deux
pour tenter sa chance. Le temps se penche
vers le futur. Les conversations avec son amie
durent moins longtemps. La fin des vacances
commence à faire sens. Dans la chambre d'hôtel,
elle trouve une feuille vierge
sur la table de chevet, dessine une statue de sel
en se parlant à elle-même.

Adeline folheia um ou dois livros
para tentar a sorte. O tempo se inclina
para o futuro. As conversas com sua amiga
duram menos tempo. O fim das férias
começa a fazer sentido. No quarto do hotel,
encontra uma folha de papel branca
na mesa de cabeceira, desenha uma estátua de sal
enquanto fala sozinha.

A la descente de l'avion, la météo est bonne, douce.
Adeline et la dame se dirigent vers le train.
S'assoient l'une en face de l'autre.
Rien d'important ne s'échange,
si ce n'est une simple expérience de quiétude.

Na descida do avião, a temperatura está boa, fresca.
Adeline e a senhora se dirigem para o trem.
Sentam-se uma em frente à outra.
Nada de importante é trocado,
a não ser uma simples experiência de quietude.

Adeline ouvre les yeux, j'ouvre les miens.
Elle est en mouvement, je garde mes distances.
Elle m'appelle pour un motif particulier, c'est si rare.

Adeline abre os olhos, eu os meus.
Ela está em movimento, eu mantenho distância.
Ela me chama por um motivo específico, tão raro.

Je raconte une histoire dont la fin est déjà écrite.
Tu la pressens ? Moi aussi.

Eu conto uma história cujo final já está escrito.
Você o pressente? Eu também.

Adeline pourrait avoir tous les problèmes du monde
mais elle n'en a que deux, et je ne dirai pas lesquels.
Sa pensée naît avec le désir de voyager.
Quand le désir cesse, la pensée
aussi s'en va. Son corps s'ajuste
à un univers plus large que profond.
Dans le discours d'un pasteur,
dans un rituel vaudou,
dans le corps d'un suicidé,
dans les revendications d'un manifeste,
dans la transcréation d'un poème,
dans la dernière phrase d'un roman,
Adeline symbolise l'insécurité.
Ici, pour le moment,
elle ouvre la porte de sa maison.
— *Home sweet home.*

Adeline poderia ter todos os problemas do mundo
mas ela só tem dois, e não vou dizer quais são.
Seu pensamento nasce com o desejo de viajar.
Quando o desejo passa, o pensamento
também vai embora. Seu corpo se ajusta
a um universo mais largo que profundo.
No discurso de um pastor,
em um ritual vodu,
no corpo de um suicida,
nas reivindicações de um manifesto,
na transcriação de um poema,
na última frase de um romance,
Adeline simboliza a insegurança.
Aqui, por enquanto,
ela abre a porta de sua casa.
— *Home sweet home.*

La dame se plaint du voyage. Elle s'inquiète pour ses bras engourdis.
Adeline parle fort :
— Je vais chercher le chat.
— Tout de suite ?
— Oui.
— Tu as besoin que je t'accompagne ?
— Non.
La dame profite de l'occasion pour explorer l'appartement.

A senhora reclama da viagem. Ela está inquieta
com seus braços dormentes.
Adeline fala em voz alta:
— Vou buscar o gato.
— Agora?
— Sim.
— Quer que eu te acompanhe?
— Não.
A senhora aproveita a ocasião para explorar
o apartamento.

Le chat semble plus gros.
C'est peut-être une illusion.
Adeline rentre avec l'animal dans les bras,
remarque l'absence de son amie, ouvre la porte
de sa chambre. La dame est assise sur le lit,
un cadre photo dans les mains.
— Vous les avez trouvés.
— Ils ont l'air heureux.
— …
— Ils sont vivants ?
— Non.
— Quand cela s'est-il passé ?
— Il n'y a pas longtemps.
— C'est ce qui t'a amenée ici ?
— Oui.
— Le temps passe vite, février
　　　[vient juste de commencer
　　　[et nous sommes déjà au milieu du mois.

O gato parece mais gordo.
Pode ser um engano.
Adeline entra em casa com o bicho nos braços,
nota a ausência de sua amiga, abre a porta
do quarto. A senhora está sentada sobre a cama,
com um porta-retratos nas mãos.
— Você os encontrou.
— Eles me parecem felizes.
— ...
— Eles estão vivos?
— Não.
— Quando aconteceu?
— Não faz muito tempo.
— Foi o que te trouxe até aqui?
— Sim.
— O tempo passa rápido, fevereiro
     [mal começou
     [e já estamos no meio dele.

Les clients se retrouvent au café
tandis qu'une tempête
se prépare au premier plan.

— L'autre jour il est tombé une pluie de météores ;
    [où, je ne me souviens pas bien,
    [peut-être près d'ici,
    [pas très loin.

Adeline rentre chez elle, débranche le réfrigérateur,
évite d'écouter la radio, fait la vaisselle, la poussière
des livres, prend une douche, se jette sur le canapé.
Dort dans une mauvaise position.

Os clientes se encontram na cafeteria
enquanto uma tempestade
se arma em primeiro plano.

— Dias atrás caiu uma chuva de meteoros;
 [não me lembro onde,
 [talvez perto daqui,
 [não muito longe.

Adeline vai para casa, desliga a geladeira,
evita escutar o rádio, lava a louça, tira a poeira
dos livros, toma banho, se joga no sofá.
Dorme de mau jeito.

— Le film est fini.
Il y en a d'autres sur l'étagère.
Happée par l'histoire,
Adeline fredonne les chansons de la bande originale.
— Au moment où j'ouvre la bouche,
        [je découvre un accent que je n'ai pas,
        [un courage que je n'ai pas
        [et un charisme énervant
        [que je n'ai pas non plus.
Adeline garde peu d'histoires en mémoire,
elle n'est pas née tellement brillante ; revoit
tous les films de sa vidéothèque et explique
aux clients combien il est important
de connaître celui-ci ou celui-là. Ils sont habitués
à sa façon de parler et parler encore
jusqu'à ce que sa voix disparaisse.
Il y a tellement de films à voir
mais à présent elle veut juste rester allongée
et penser à ceux qu'il lui reste à voir. Je sais,
on dirait qu'il manque une petite pause
dans ce paragraphe. C'est comme ça,
il ne manque rien.
Ce n'est pas si simple de lire comme on veut,
d'apprendre comme on peut. Non.
Adeline est allongée parce qu'elle vient de voir
un film qui l'a fait pleurer. Peut-être
devrait-elle appeler son amie.
Peut-être que celle-ci pourrait nous donner
quelques conseils mais Adeline n'a pas envie
de parler. Non. C'est bien comme ça.

— O filme acabou.
Existem outros na estante.
Capturada pela história,
Adeline canta as músicas da trilha sonora.
— No momento em que abro a minha boca,
    [descubro um sotaque que não tenho,
    [uma coragem que não tenho
    [e um carisma irritante
    [que também não tenho.
Adeline guarda poucas histórias na cabeça,
ela nasceu nem tão genial; revê
todos os filmes de sua videoteca e conta
para os clientes como é importante
conhecer esse ou aquele. Eles estão acostumados
com seu jeito de falar e falar
até que a voz desapareça.
Existem tantos filmes para assistir
mas agora ela só quer ficar deitada
e pensar naqueles que ainda estão por vir. Eu sei,
parece que falta uma pequena pausa
nesse parágrafo. É assim mesmo,
não falta nada.
Não é tão simples de ler como quiser,
de aprender como puder. Não.
Adeline está deitada porque acabou de assistir
a um filme que a fez chorar. Talvez
fosse melhor ligar para sua amiga.
Talvez ela pudesse nos dar
alguns conselhos mas Adeline não quer
falar. Não. Está bom desse jeito.

Il est plus grand que moi, a un sourire délicat.
Nous baisons pendant des heures sans préliminaire.
Adeline me demande, alors que je l'embrasse,
si nous ne pourrions pas faire un film,
pour garder une version pornographique
plus intime. Dommage,
je suis incapable de tenir une caméra.
Nous laissons des traces, l'un dans l'autre,
de scènes de films que nous avons vus.

Il dit qu'il vit seul. Je dis la même chose.
Il dit qu'il vient d'un autre pays. Je dis
la même chose. Il dit qu'il est photographe.
Je n'ai jamais été aussi précise en mentant
sur ma profession. Nous nous disons au revoir.
Il répète son prénom deux fois.
Je l'oublie deux fois. Je pars.

Adeline parle avec son amie au téléphone.
Je fais de mon mieux pour montrer que tout va bien.
Tout va bien.

Ele é mais alto que eu, tem um sorriso delicado.
Transamos por horas sem qualquer preliminar.
Adeline me pergunta, enquanto o beijo,
se poderíamos fazer um filme,
para registrar uma versão pornográfica
mais íntima. Uma pena,
não posso segurar uma câmera.
Deixamos traços, um no outro,
de cenas de filmes que conhecemos.

Ele diz que mora só. Eu digo a mesma coisa.
Ele diz que vem de um outro país. Eu digo
a mesma coisa. Ele diz que é fotógrafo.
Nunca fui tão precisa em mentir
minha profissão. Nós nos despedimos.
Ele repete seu nome duas vezes.
Eu o esqueço duas vezes. Vou para casa.

Adeline fala com sua amiga ao telefone.
Faço o máximo para mostrar que tudo vai bem.
Tudo vai bem.

Ce soir, on inaugure un nouveau théâtre.
Comme le placement est libre,
le public étale vêtements, sacs, lunettes
pour ceux qui ne sont pas encore arrivés. En passant
la porte principale, Adeline est surprise
par l'odeur d'un parfum. Sa tension se dérègle.

Nesta noite, um novo teatro é inaugurado.
Como os assentos são livres,
o público espalha roupas, bolsas, pares de óculos
para quem ainda está por chegar. Ao passar
pela porta principal, Adeline é surpreendida
pelo cheiro de um perfume. Sua pressão oscila.

Le chat miaule sans discontinuer,
bloqué de l'autre côté de la fenêtre. Il dérange
le sommeil d'Adeline et m'empêche d'écrire
comme je le souhaiterais. Le téléphone sonne,
se mêle aux gémissements du chat.
Adeline se lève, s'étire, laisse tomber sa robe
sur le parquet. Elle danse, exhibe son sexe.
Je commence à ressentir cette intensité
qu'il y a à vivre là, en elle. Son corps se rapproche
de ma pensée.
Le chat miaule plus fort, il exige qu'on le soulage ;
elle aussi, nue sur le lit.
Je ne comprends plus
les choses comme auparavant, maintenant
elles ont du sens où qu'elles soient.
Adeline parle dans des langues inconnues, elle rejette
son corps en arrière. Le chat ne sait comment
se faire entendre. Adeline s'aperçoit
qu'elle est surveillée, se cramponne à l'oreiller.
Le chat lèche la vitre de la fenêtre, Adeline sent
sa détresse. Le chat gémit, je ne le comprends pas.
Le corps d'Adeline retombe. Le chat s'épuise.
Ils dorment. Je continue à écrire de loin,
pour ne pas faire trop de bruit.

O gato mia incessantemente,
trancado ao lado de fora da janela. Incomoda
o sono de Adeline e impede que eu escreva
como gostaria. O telefone toca,
se mistura aos gemidos do gato.
Adeline se levanta, espreguiça, deixa cair o vestido
no chão. Ela dança, exibe seu sexo.
Começo a sentir a intensidade
de viver ali dentro. Seu corpo se aproxima
do meu pensamento.
O gato mia mais alto, exige um alívio;
ela, também, toda nua pela cama.
Já não compreendo mais
as coisas como antigamente, agora
elas fazem sentido onde quer que estejam.
Adeline fala em línguas estranhas, joga suas
vértebras para trás. O gato não sabe mais
por onde miar. Adeline percebe
que está sendo vigiada, se agarra ao travesseiro.
O gato lambe o vidro da janela, Adeline sente
sua aflição. O gato geme, eu não o entendo.
O corpo de Adeline relaxa. O gato se cansa.
Eles dormem. Eu continuo a escrever de longe,
para não fazer muito barulho.

J'essaie d'approcher. Impossible.
Adeline ne tient pas en place.

Tento me aproximar. Impossível.
Adeline não fica.

Adeline s'abandonne contre un arbre
sous l'influence d'images rencontrées
dans des textes populaires, des monographies, des films,
des musiques et des peintures.
Elle essaie de rédiger une lettre. Des griffonnages
qu'elle comprend sur le moment,
et bientôt plus.
Je ne peux que déchiffrer le mouvement de ses mains
et de ses yeux quand elle cesse d'écrire.
Je préfère cela en réalité.

Adeline se abandona contra uma árvore
sob a influência de imagens encontradas
em textos populares, monografias, filmes,
músicas e pinturas.
Ela tenta redigir uma carta. Rabiscos
que compreende neste instante,
e daqui a pouco não mais.
Posso apenas decifrar o movimento de suas mãos
e dos seus olhos quando ela para de escrever.
Na realidade, eu prefiro assim.

Peu de temps, ce matin, pour errer à son aise.
Adeline fait du tri : les factures, les messages
en attente de réponse, les vêtements qu'elle ne porte
plus ; fait la liste des courses.
On pourrait dire :
— Elle est possédée.
Ou bien :
— C'est une femme très occupée.
Et peut-être :
— Elle sait apprécier chaque détail révélé par le hasard.

Elle n'entend pas ces phrases ; toute à l'exigence
d'un résultat, Adeline se cale sur le rythme
effréné de cette journée.

Há pouco tempo, nessa manhã, para ir aonde quiser.
Adeline separa as contas a pagar, as mensagens
ainda sem resposta, as roupas que não lhe servem
mais; faz a lista do supermercado.
Poderiam dizer:
— Ela está possuída.
Ou ainda:
— É uma mulher ocupada.
E talvez:
— Ela sabe apreciar cada detalhe revelado pela sorte.

Ela não ouve essas frases; na exigência
de um resultado, Adeline se instala no ritmo
acelerado desse dia.

Adeline hurle. Son patron traverse le café.
Elle est abattue par l'annonce d'une catastrophe survenue dans le quartier où elle habitait.
— Doucement.
Adeline sent la main du patron sur son visage.
Ce contact apaise l'intrusion destructrice.
Il en profite pour poser sa tête sur son épaule.
Adeline accueille sa sollicitude.
Moi aussi.

Adeline grita. Seu chefe atravessa a cafeteria.
Ela está abatida pelo anúncio de uma catástrofe
ocorrida no bairro onde morava.
— Acalme-se.
Adeline sente a mão do chefe sobre seu rosto.
Esse contato acalma a invasão destrutiva.
Ele aproveita para deitar a cabeça em seu ombro.
Adeline acolhe sua preocupação.
Eu também.

Le malaise de la veille recommence.
— S'il te plaît, reste ici avec moi.

O desconforto do dia anterior recomeça.
— Por favor, fique aqui comigo.

J'envisageais la possibilité d'écrire cet après-midi ;
je me suis trompée. Adeline dort
sans aucun rendez-vous avec le jour.

Considerava a possibilidade de escrever nesta tarde;
eu me enganei. Adeline dorme
sem qualquer compromisso com o dia.

Lundi, nouvelle semaine ;
aujourd'hui nous sommes mardi.
Si je regarde en haut, je vois
la pluie qui s'annonce ; si je regarde de côté,
je vois l'appartement vide ; si je regarde vers le bas,
je vois le sol qui a besoin d'être nettoyé ;
si je ferme les yeux, Adeline me réconforte.
Quand je les ouvre, nous sommes au café.
Les clients ont l'air aimables. Ils disent bonjour.
Nous répondons bonjour.
Le sourire annonce que cette journée sera bonne,
coûte que coûte.

Segunda-feira, nova semana;
hoje estamos em uma terça-feira.
Se olho para cima, vejo
a preparação da chuva; se olho para os lados,
vejo o apartamento vazio; se olho para baixo,
vejo o chão que precisa ser limpo;
se fecho os olhos, Adeline me conforta.
Quando os abro, estamos na cafeteria.
Os clientes têm a cara boa. Eles dizem bom dia.
Nós respondemos bom dia.
O sorriso anuncia que este dia será bom,
custe o que custar.

Assise devant la table, Adeline
se couvre le visage de ses mains, visualise
l'atmosphère subtile des phrases minimales,
des milliers de particules de mots.

Nos différences ne sont plus visibles.
Je suis la part intime des choses.

Sentada de frente para a mesa, Adeline
cobre o rosto com as mãos, visualiza
a atmosfera sutil de frases mínimas,
milhares de partículas de palavras.

Nossas diferenças não são mais visíveis.
Eu sou a parte íntima das coisas.

LES ANNÉES PORTENT MAL LE CORPS —
QUE DIRE DE LA PENSÉE

OS ANOS DESGASTAM O CORPO — O QUE DIZER DO PENSAMENTO

À la maison, la fille cadette d'Adeline
joue avec les crayons de couleur. Elle a neuf ans,
son frère, treize. Le chat appartient au chapitre
précédent, la dame est encore là.

Em casa, a filha mais nova de Adeline
brinca com os lápis de cor. Ela tem nove anos,
seu irmão, treze. O gato pertence ao capítulo
anterior, a senhora ainda está ali.

— Adeline, qu'est-ce que tu ressens quand j'écris [« *j'ai peur* » ?
— On en parle plus tard ?

— Adeline, o que você sente quando escrevo ["*eu tenho medo*"?
— Podemos falar sobre isso mais tarde?

Qui remet au lendemain crée du mystère.

Quem adia cria mistério.

*La nouvelle propriétaire de la librairie
laisse entrer deux garçons dans le magasin
pour qu'ils se réchauffent du froid.
Ils l'étranglent, emportent la caisse
et deux livres de philosophie.*

Adeline s'endort.
S'effraie quand elle sent qu'un poids
enfonce son lit. C'est la dame.

— Je ne suis pas en danger de mort,
　　[je ne crois plus en personne.

*A nova proprietária da livraria
deixa dois rapazes entrarem na loja
para que se aqueçam do frio.
Eles a estrangulam, levam o dinheiro do caixa
e dois livros de filosofia.*

Adeline adormece.
Ela se assusta quando sente que um peso
afunda sua cama. É a senhora.

— Eu não corro perigo de vida,
 [não acredito em mais ninguém.

Adeline ne croit pas. Elle vit dans l'expérience.

Adeline não acredita. Ela vive na experiência.

Adeline court vers la chambre de sa fille.
Elle est surprise par le visage tragique de l'enfant
face à ses devoirs.
— Maman, quels sont les trois gestes
      [qui renforcent l'idée du désespoir ?
— Le moment de l'épiphanie (le visage d'Adeline
      [indique la surprise) ;
      [la fin des temps (les épaules d'Adeline
      [suggèrent le soulagement) ;
      [la terre promise lavée par le tsunami
      [(les mains d'Adeline se dressent comme
      [celles d'une sainte en un geste de piété).
— Maman, je veux être seule.

Adeline corre para o quarto de sua filha.
Ela se surpreende com o rosto trágico da criança
enquanto faz o dever de casa.
— Mamãe, quais são os três gestos
    [que reforçam a ideia de desespero?
— O momento de epifania (o rosto de Adeline
    [indica uma surpresa);
    [o fim dos tempos (os ombros de Adeline
    [sugerem o alívio);
    [a terra prometida lavada pelo tsunami
    [(as mãos de Adeline se levantam como
    [as de uma santa em um gesto de piedade).
— Mamãe, eu quero ficar sozinha.

— Elle m'a renvoyée de sa chambre.
— Cela fait partie de l'imaginaire des enfants.

— Ela me mandou embora de seu quarto.
— Isso faz parte do imaginário das crianças.

Adeline part au travail. La dame s'occupe de la petite fille. Parfois, l'appartement devient exigu.

Adeline parte para o trabalho. A senhora toma conta
da criança. Às vezes, o apartamento
fica apertado.

Au café, Adeline fait la connaissance
d'un nouveau client avec qui discuter.
Elle se laisse séduire par les affinités.
— C'est un génie. Son scénario est la copie exacte
 [de sa pensée — dit le client.
— J'en doute — répond Adeline.
— Pourquoi ?
— Dieu est une présence anonyme.

Na cafeteria, Adeline conhece
um novo cliente com quem pode conversar.
Ela se deixa seduzir pelas afinidades.
— Ele é um gênio. Seu roteiro é a cópia exata
    [do seu pensamento — diz o cliente.
— Eu desconfio — responde Adeline.
— Por quê?
— Deus é uma presença anônima.

L'envie de discuter ne dure pas. Un instant,
Adeline pense au chat ; puis l'oublie,
téléphone à son amie.

A vontade de conversar dura pouco. Por um instante, Adeline pensa no gato; em seguida, o esquece, telefona para a sua amiga.

La dame entre dans le café.
— Je viens de vous laisser un message.
— Je n'ai pas écouté mon répondeur.
Adeline prépare un café. La porte d'entrée grince.
Une fois installée, la dame se sent bien.
La porte grince encore. Adeline regarde vers la porte tandis que son amie attend d'être servie.
La dame retire le plateau des mains d'Adeline.

A senhora entra na cafeteria.
— Acabo de deixar uma mensagem para você.
— Não escutei minha secretária eletrônica.
Adeline prepara um café. A porta de entrada range.
Uma vez acomodada, a senhora se sente bem.
A porta range outra vez. Adeline olha para a porta enquanto sua amiga espera para ser servida.
A senhora puxa a bandeja das mãos de Adeline.

En sortant de l'école, le fils d'Adeline
passe chercher sa mère au café.
Ils marchent côte à côte jusqu'à la maison.
— Ça ne m'intéresse pas du tout de comprendre
  [ce qui a été dit par des auteurs
  [des siècles passés —
  [ils ne font pas partie de mon histoire.
  [Celle que je construis avec toi
  [est écrite par d'autres moyens.
  [Je ne veux pas que mon avenir
  [soit le résumé de ce que j'ai lu.

Saindo da escola, o filho de Adeline
encontra sua mãe na cafeteria.
Eles vão lado a lado para casa.
— Não tenho nenhum interesse em entender
    [o que foi dito por autores
    [dos séculos passados —
    [eles não fazem parte da minha história.
    [A que eu construo com você
    [se escreve de outras formas.
    [Não quero que meu futuro
    [seja o resumo daquilo que eu tenha lido.

— Que signifie *Adeline* ?
— Je ne sais pas, maman.
— …
— Pourquoi cette question ?
— Je me suis réveillée en pensant aux prénoms.
— …
— Regarde ce monsieur là-bas.
    [Quel prénom lui donnerais-tu ?

— O que significa *Adeline*?
— Não sei, mamãe.
— ...
— Por que essa pergunta?
— Acordei pensando em nomes próprios.
— ...
— Olhe aquele senhor ali.
 [Que nome daria para ele?

Sa main dans celle d'Adeline,
le fils parle à son ami imaginaire.
— La première rue, je connais ; la deuxième,
 [je découvre ; la troisième, je me rends compte ;
 [la quatrième, j'invente.

De mãos dadas com Adeline,
o filho conversa com seu amigo imaginário.
— A primeira rua, eu conheço; a segunda,
   [eu descubro; a terceira, eu percebo;
   [a quarta, eu invento.

À la maison, le fils allume la télé,
il pense aux accords inconnus
entre un père et un adolescent.
— Il faut changer de position.
Il laisse sortir cette phrase tandis qu'il regarde
un film porno. Son pénis prend la forme
que le désir recherche.

Em casa, o filho liga a TV,
pensa nos acordos desconhecidos
entre um pai e um adolescente.
— É preciso mudar de posição.
Ele deixa sair essa frase enquanto assiste
a um filme pornô. Seu pênis ganha a forma
que o desejo procura.

Le ciel est clair, sans nuages.
Adeline emmène sa fille au musée.
Différentes cultures coexistent
dans la même file ; au guichet,
les sautes d'humeur ne sont pas autorisées.
L'enfant est enchantée par l'absence
de chaleur dans un endroit plein de gens,
d'objets, d'art. Elle lâche la main d'Adeline
et voyage dans un long couloir, frôlant
ceux qui croisent son chemin.
— Il faut faire aussi attention à ce qui est entre les murs.
— C'est compliqué maman — répond-elle,
   [les larmes aux yeux.
— Tu n'as pas besoin de pleurer,
   [il suffit de faire attention.
« Faire attention » doit avoir un sens
   [spécifique pour maman — pense-t-elle.

O céu está claro, sem nuvens.
Adeline leva sua filha ao museu.
Culturas distintas coexistem
na mesma fila; no guichê,
alterações de humor não são permitidas.
A menina se encanta com a ausência
de calor em um lugar cheio de pessoas,
de objetos, de arte. Ela se solta da mão de Adeline
e viaja por um longo corredor, esbarrando
naqueles que cruzam o seu caminho.
— É preciso também estar atenta ao que está entre as paredes.
— É complicado mamãe — responde,
      [com os olhos cheios d'água.
— Não precisa chorar,
      [basta prestar atenção.
"Prestar atenção" deve ter um significado
      [específico para mamãe — pensa.

Adeline esquisse les lignes de la toile
La tristesse de la copie imparfaite dans l'espace.
Les visiteurs sont touchés.
La solitude des visiteurs se loge entre les personnes ;
celle d'Adeline, entre les choses.
La main gauche dans la poche de son pantalon,
elle bascule les hanches vers l'arrière.
— Les plus belles choses n'ont pas été faites
      [par amour mais par la force.
L'enfant la tire par le bras droit.
— Maman, suis-moi.

Adeline desenha os traços da pintura
A tristeza da cópia imperfeita pelo ar.
Os visitantes apreciam.
A solidão dos visitantes se aloja entre as pessoas;
a de Adeline, entre as coisas.
Com a mão esquerda no bolso da calça,
ela inclina o quadril para trás.
— As coisas mais belas não foram feitas
      [por amor mas pela força.
A menina puxa seu braço direito.
— Mamãe, vem comigo.

En revisitant le processus de création d'une toile, Adeline incorpore son sujet.
— Il faut que je sorte d'ici.

Por revisitar o processo de criação de uma pintura, Adeline incorpora seu tema.
— Preciso sair daqui.

En s'enfuyant du musée, Adeline se coince
le pied dans un trou. Certains la voient tomber,
d'autres ont des choses à faire,
quelques-uns sont solidaires.
Peu d'entre eux comprennent que si elle a fini par terre,
ce n'est pas de son plein gré.

Ao fugir do museu, Adeline enfia seu pé
em um buraco. Uns a veem cair,
outros têm mais o que fazer,
alguns são solidários.
Poucos entendem que se ela chegou até o chão,
não foi por vontade própria.

Dans le parc du centre,
Adeline et sa fille s'amusent, transpirent
sur sa poupée. Couverte de sueur,
elle apprend à réagir.

No parque do centro da cidade,
Adeline e sua filha brincam, transpiram
sobre sua boneca. Coberta de suor,
ela aprende a reagir.

La fille jette sa poupée dans un coin sale de la rue. Adeline le lui reproche et continue son chemin en direction du café. L'enfant ramasse le jouet, court derrière sa mère. Les gens jugent la fille, Adeline, la poupée et la saleté.

A filha joga sua boneca em uma parte suja da rua.
Adeline chama sua atenção e continua o caminho
em direção ao café. A menina apanha o brinquedo,
corre atrás de sua mãe. As pessoas julgam a filha,
Adeline, a boneca e a sujeira.

Cet après-midi, le café n'est pas seulement plein,
il a gagné d'autres dimensions, a perdu son odeur.

Nesta tarde, a cafeteria não está apenas cheia, ganhou outras dimensões, perdeu o cheiro.

Le téléphone sonne.
— Comment allez-vous ? — demande Adeline.
La dame répond :
— Je suis malade.

O telefone toca.
— Como vai você? — pergunta Adeline.
A senhora responde:
— Estou doente.

Un client entre dans le café.
La fille d'Adeline observe sa façon de marcher, de s'asseoir, de passer commande. Elle s'attarde sur le livre qu'il tient entre les mains. Les lettres qui lui parviennent font briller ses yeux.
— C'est quoi une biographie, maman ?
— C'est un texte sur la vie de quelqu'un.
— À quelle époque ?
— Peu importe.
— Maman, je ne veux pas apprendre à écrire.

Um senhor entra na cafeteria.
A filha de Adeline observa o seu jeito de andar,
sentar, fazer o pedido. Ela se concentra
no livro que ele tem nas mãos. As letras
que chegam à menina fazem seus olhos brilharem.
— O que é uma biografia, mamãe?
— É um texto sobre a vida de alguém.
— Em qual época?
— Não importa.
— Mamãe, eu não quero aprender a escrever.

Nous sommes le dernier jour de la semaine.
La pensée s'échappe :
Adeline retrouve sa fille ; le fils sa sœur ;
la fille sa poupée. L'éternité se concentre :
Adeline et moi nous nous retrouvons au café ;
le fils suit un cour de littérature ;
la fille apprend à écrire.
Elle se souvient des biographies, dessine un point,
deux droites perpendiculaires, cinq courbes
pour les cheveux d'Adeline. La maîtresse demande
à la fille de recommencer l'exercice. Le fils écrit
des poèmes dans la marge du cahier : poèmes datés,
poèmes d'avenir. Adeline reçoit
un nouveau client. Il commande un café serré,
avec une barre de chocolat à côté. Adeline pense
à nous. Pas d'issue à la situation.
Pour Adeline, il y a une connexion.
Elle ignore les commandes, le fils écoute
sa propre voix, la fille étouffe le timbre
de la maîtresse. Le client s'énerve ; le professeur
apprécie ; la maîtresse fait son travail.
S'ils étaient ensemble, ils formeraient
un être indépendant.

La journée avance. Préparer un café, un poème,
un exercice, quotidiennement, pendant un an
ou davantage, offre à chaque fraction de seconde
la qualité d'un geste sans retour.

Estamos no último dia da semana.
O pensamento escapa:
Adeline encontra sua filha; o filho, sua irmã;
a filha, sua boneca. A eternidade se concentra:
Adeline e eu nos encontramos na cafeteria;
o filho faz um curso de literatura;
a filha aprende a escrever.
Ela se lembra das biografias, desenha um ponto,
duas retas perpendiculares, cinco curvas
para os cabelos de Adeline. A professora pede
à menina que retome o exercício. O filho escreve
poemas na margem do caderno: poemas datados,
poemas de daqui a pouco. Adeline recebe
um novo cliente. Ele pede um café forte,
com uma barra de chocolate à parte. Adeline pensa
em nós. Para a situação, não há saída.
Para Adeline, há conexão.
Ela ignora os pedidos, o filho escuta
sua própria voz, a filha abafa o timbre
de sua professora. O cliente se irrita; o professor
aprecia; a professora faz o seu trabalho.
Se estivessem juntos, formariam
um ser independente.

O dia avança. Preparar um café, um poema,
um exercício, diariamente, ao longo de um ano
ou mais, oferece a cada fração de segundo
a qualidade de um gesto sem retorno.

Adeline s'adresse à sa fille,
certaine qu'elle comprend. Après tout,
toutes deux ont partagé la même matière
pendant neuf mois, se sont retrouvées à l'extérieur
et passent beaucoup de temps l'une à côté de l'autre.
— Je sais comment vont les choses,
    [jusqu'au moment
    [où elles ne me dérangent plus.
    [Pas la peine de chercher la connaissance ;
    [si elle a été créée par quelqu'un,
    [je la vois se déplacer à travers la ville.
— Où veux-tu en venir, maman ?
— (Toux) Je n'arrive pas à parler avec mon amie.
    [(Toux) J'ai laissé plusieurs messages.
    [C'est la deuxième fois que je vais chez elle.
    [Elle fuit le contact
    [mais ne peut pas éviter ma présence.
    [(Toux) Pourquoi vouloir être ensemble
    [s'il nous suffit déjà d'être proches ?
    [(Toux)
    [(Toux)
    [(Toux)

Adeline se dirige à sua filha,
certa de sua compreensão. Afinal,
as duas fizeram parte da mesma matéria
por nove meses, se descobriram do lado de fora
e passam muito tempo uma ao lado da outra.
— Entendo as coisas como elas vão,
    [até o momento
    [em que não me incomodem mais.
    [Não vale a pena procurar pelo conhecimento;
    [se ele foi criado por alguém,
    [eu o vejo circulando pela cidade.
— Aonde você quer chegar, mamãe?
— (Tosse) Não consigo falar com minha amiga.
    [(Tosse) Deixei muitas mensagens.
    [É a segunda vez que vou à sua casa.
    [Ela resiste ao contato
    [mas não pode evitar a minha presença.
    [(Tosse) Por que querer estar juntas
    [se já é o bastante estarmos próximas?
    [(Tosse)
    [(Tosse)
    [(Tosse)

QUAND LA BEAUTÉ RENCONTRE
LE MOUVEMENT DE SA RECHERCHE

QUANDO A BELEZA ENCONTRA O MOVIMENTO DE SUA PROCURA

Adeline remplit la baignoire et, au lieu de se plonger
dans l'eau froide, allume la télé. Sa fille ne comprend pas
ce qui s'est passé dans le chapitre précédent —
elle s'en inquiète et oublie aussitôt,
happée par le dessin animé.
Adeline tient une cigarette avec l'adresse
de ceux qui fument depuis longtemps.
La sonnette retentit, c'est la dame.
Elle entre avec la vitesse de quelqu'un qui est en fuite.
— Alors, qu'a dit le médecin ?
— J'ai perdu la sensibilité.
— Où ?
— Dans les deux bras.
— Je suis désolée. Et maintenant ?
— …
— Fermez les yeux.

Adeline enche a banheira e, em vez de mergulhar
em água fria, liga a TV. Sua filha não compreende
o que se passou no capítulo anterior —
ela se preocupa e logo esquece,
capturada pelo desenho animado.
Adeline segura um cigarro com a habilidade
daqueles que fumam por muito tempo.
A campainha toca, é a senhora.
Ela entra com a velocidade de quem fugiu.
— Então, o que o médico disse?
— Perdi a sensibilidade.
— Onde?
— Nos dois braços.
— Sinto muito. E agora?
— ...
— Feche os olhos.

— Vous savez ce que je suis en train de faire ?
— Je n'en ai aucune idée.

— Você sabe o que estou fazendo?
— Não faço a mínima ideia.

© Editora NÓS, 2018

Direção editorial SIMONE PAULINO
Projeto gráfico BLOCO GRÁFICO
Assistentes de design LAIS IKOMA, STEPHANIE Y. SHU
Assistente editorial JOYCE DE ALMEIDA
Revisão LUCIANA ARAUJO MARQUES (port.);
ANTOINE CHAREYRE, MARIE BATIONO/REVUE BANCAL,
VALÉRIE GEANDROT, LEDA CARTUM (fr.)

Dados Internacionais de Catalogação na Publicação (CIP)
de acordo com ISBD

S399n

Schwartz, Wagner
    Nunca juntos mas ao mesmo tempo: Wagner Schwartz
    [Tradução de Jamais ensemble mais en même temps]
    Tradução: Béatrice Houplain
    São Paulo: Editora Nós, 2018
    176 pp.

ISBN: 978-85-69020-34-9
1. Literatura brasileira. 2. Romance.
I. Houplain, Béatrice. II. Título.

2018-1001/CDD 869.89923/CDU 821.134.3 (81)-31
Elaborado por Vagner Rodolfo da Silva – CRB-8/9410

Índice para catálogo sistemático:
1. Literatura brasileira: Romance 869.89923
2. Literatura brasileira: Romance 821.134.3(81)-31

Todos os direitos desta edição
reservados à Editora NÓS
Rua Francisco Leitão, 258 – sl. 18
Pinheiros, São Paulo SP | CEP 05414-020
[55 11] 3567 3730 | www.editoranos.com.br

Fonte UNTITLED SERIF
Papel POLÉN SOFT 80 g/m²
Impressão IMPRENSA DA FÉ